O URSO BRIAN BROWN E O ESTRANHO E HORRÍVEL CHEIRO.

Edinaldo do Espírito Santo

Para o Daniel
Com Carinho
Edinaldo Santo
30/03/2012.

Aos meus pais e seus filhos.

E aos filhos de seus filhos.

Quando eu era criança eu tinha um ursinho de pelúcia.

Seu nome era Brian **Brown.**

Ele me contou muitas estórias sobre sua vida.

A primeira estória que ele me contou está neste livro.

Você quer ouvir? Então preste atenção!

O autor

-Você já escovou seus dentes, Brian Brown? - perguntou a Mamãe Urso de manhã.

-Não, eu não escovei. Respondeu Brian.

-Um dia você vai achar grandes cavidades neles. – disse a Mamãe Urso.

-Não, eu não vou. – respondeu Brian.

-Você já tomou banho, Brian Brown? – perguntou a Mamãe Urso à tarde.

-Não, eu não tomei. – respondeu Brian.

-Um dia você vai achar um grande inseto no seu corpo. – disse a Mamãe Urso.

-Não, eu não vou. – respondeu Brian, ocupado com seus brinquedos.

-Você já lavou suas mãos, Brian Brown? – perguntou a Mamãe Urso antes do jantar.

-Não, eu não lavei. – respondeu Brian.

-Um dia você vai achar minhocas andando nas suas palmas. – disse a Mamãe Urso.

-Não, eu não vou. – respondeu Brian, assistindo à tv.

-Você pelo menos limpou suas unhas, Brian Brown? – perguntou a Mamãe Urso à mesa.

-Não, eu não limpei. – respondeu Brian.

-Um dia você vai achar cenouras crescendo embaixo delas. – disse a Mamãe Urso.

-Não, eu **não** vou. – respondeu Brian com ênfase no **não**.

-Que cheiro horrível é este? – perguntou o Papai Urso.

-É apenas o vento ventando na sua direção, querido. – respondeu a Mamãe Urso.

Brian fingiu que ele não tinha a menor ideia do que os pais estavam falando.

Brian estava comendo muito rápido para poder ir se sentar em frente à tv.

-Você está mastigando sua comida direito, Brian Brown? – perguntou o Papai Urso.

-Não, eu não estou. – respondeu Brian.

-Um dia você terá uma grande dor de estômago da qual reclamar. – disse o Papai Urso.

-Não, eu não terei. – balbuciou Brian, espalhando a comida de sua boca sobre a mesa.

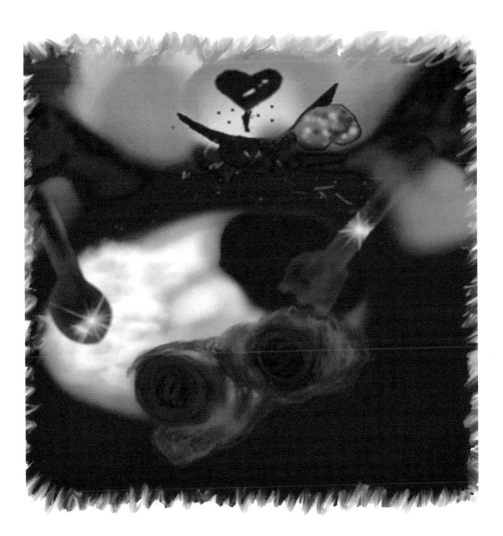

Depois ele colocou o garfo e a faca no prato e correu para assistir ao seu programa de televisão favorito,

onde...

ele....

adormeceu.

O Papai Urso levou Brian para a cama e deu-lhe um beijo de boa noite.

No meio da noite, enquanto Brian estava dormindo em sua cama confortável, mas um tanto quanto fedorenta, um rato passou por ali.

-Hummmm....Que fedorzinho agradáve! – pensou o rato.

E ele seguiu o cheirinho até chegar aos pés do Brian.

Ele lambeu e lambeu, mas para a sorte do Brian, o ratinho não teve tempo de roer o pé do ursinho. Brian colocou seu pé embaixo do cobertor para evitar a cócega. O ratinho se sentou e esperou.

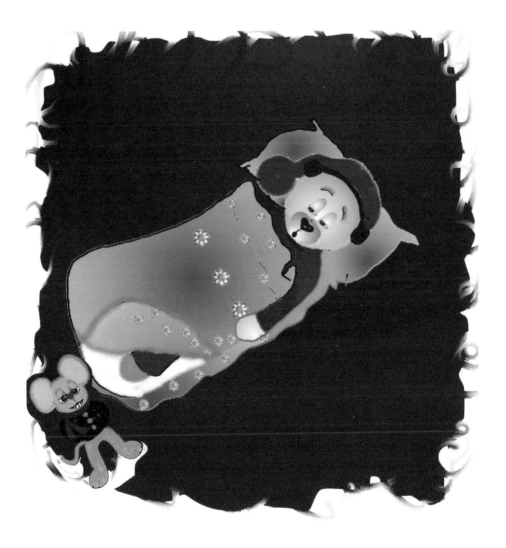

Um gambá estava passando pela janela.

-Hummmmm...Que fedorzinho agradável! – pensou o gambá.

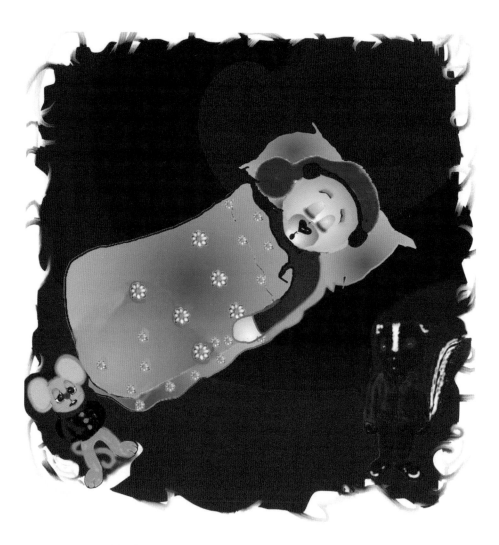

Então ele seguiu o cheirinho até chegar às axilas do Brian.

Ele lambeu e lambeu, mas para a sorte do Brian, ele não teve tempo de morder. Brian abaixou o braço em direção ao corpo e o colocou embaixo dos cobertores para evitar a cócega.

O gambá deu um pulo para fora da cama, mas soltou um fedor terrível, como o de ovo podre.

O Senhor Rato já estava a milhas de distância, a essa altura.

Quando a Mamãe e o Papai Urso acordaram na manhã seguinte, reclamaram daquele fedor horrível, pegante e nojento; mas o cheiro não vinha do Brian Brown.

Ele tinha acordado muito cedo naquele dia e já estava no seu terceiro banho, limpando as unhas, esfregando todo o seu corpo e escovando os dentes. Tudo quase ao mesmo tempo.

Ele não sabia de onde vinha o fedor, mas achou melhor manter tudo bem limpinho daquele dia em diante.

Eu uso todos eles.

Estojo de higiene pessoal do

Brian Brown

Do mesmo autor:

Disponível em inglês em papel e livro eletrônico e em português/inglês em livro eletrônico.

O autor:

Edinaldo do Espírito Santo nasceu em São Paulo – Brasil, em abril de 1970.

Com a idade de 10 anos ele já estava lendo desde gibis a Jean Paul Sartre e com essa idade conheceu o que mais tarde se tornaria uma grande paixão, a língua inglesa.

Aos 17 anos ele se matriculou pela primeira vez num curso de línguas e estudou inglês nas escolas Fisk, uma escola popular de idiomas no Brasil.

Com apoio financeiro de sua irmã mais velha, Marluce e sua mãe, Rosa, aos 21 anos ele começou a estudar para se formar em Letras e antes de terminar o curso, saiu do emprego que tinha em um escritório e começou a ensinar inglês para crianças, adolescentes e adultos.

Em 1996 ele foi aos Estados Unidos para aperfeiçoar seu inglês na Florida International University e em 1998 veio para a Inglaterra pela primeira vez, morando em Londres por cinco meses.

De volta ao Brasil, ele voltou para a sala de aula e ensinou por um ano. Em 2000 ele decidiu retornar à Inglaterra.

Onze anos depois e ele ainda vive em Londres. Agora com a idade de 41 anos ele tem sua própria empresa chamada London Lessons Ltd, fundada em junho de 2011, onde ele ensina português brasileiro aos estudantes ingleses e estrangeiros. Projetos para 2012 incluem expandir e fundar uma escolar de idiomas, começando com inglês, espanhol e italiano.

Ele passou a maior parte desses 11 anos ensinando para escolas em Londres como a International House, North Kingston Centre e Lambeth College, para mencionar apenas algumas e trabalhou para grandes organizações como tradutor, revisor de textos e intérprete.

Hoje ele passa a maior parte do tempo ensinando, escrevendo, desenhando e tentando aprender a tocar violão.

A tecnologia também faz parte de sua vida e tudo o que ele faz, de uma forma ou de outra, está relacionado com o computador e a Internet.

10958385R00014

Made in the USA
Charleston, SC
19 January 2012